卷一　生殖的輪

淤積的字

我的體內淤積了一些字，我得讓它排出來，像通商港口淤積了泥，船進不來也出不去，雙腳是防波堤，那和雙腳張得多開都沒有關係。

身體每個月會寫一封信給我，會像郵差那樣，先給乳房按電鈴，用力按，連續按，叮咚叮咚「你有信件！」看信常常令我頭暈並伴隨強烈腹痛，我無法控制我的血、我的字，我穿了很多層褲子、墊了很多層被子，我注意刷洗馬桶和浴室，漏出來的字，常令我像是做錯事。

身體也是霸道的時鐘，時針分針像是兩根陰莖，那是父親的陰莖和忘了生給我的陰莖。父親是精準的、是刻度的、是公平的、無法妥協的、帶有暴力、是婚約、是如常綱紀……「不守時的人有病！不守時的人不知羞恥！」他常這樣告誡我。但我摸不到我的陰莖，無法複製他成功的模式，那和雙腳張得多開都沒有關係。

經期的第一天，疼痛讓我在床上翻來覆去，藍色的床單像海，她在海的另一頭，端坐看我。她說這是造字

的過程，她說的話像是緩解苦難的花藥，我的脊椎首
先被溫暖。

我常把自己弄髒，而她總是乾乾淨淨；她是我的對照
組，我羨慕她穿的漂亮裙子；她支援我，她的體內培
育我欠缺的器官；她令我感官放大，令我聽見樹木根
部的交談、僅憑飛行剪影就能辨認猛禽。

她是磁石，我的時鐘都錯亂了，我用手指撥動時針分
針，侵犯了父親的神聖，我決定把父親塞進我的身體，
然後再把他生出來，那和雙腳張得多開都沒有關係。

新的時間，新的身體，她固定每個月寫一封信給我，
她意謂著更好的自己。

暗房

司令在地下室，只有通往的樓梯有明亮的燈。地下的人抬頭往上看，那樓梯像是天使之梯，會運送新鮮的肉體一直一直下來。有時候眼睛已經適應地下的黑暗，瞳孔看到太亮一時不習慣，很容易把新加入的男體看成一糰一糰麻糬，餵食開闔的魚嘴剛好。

綑綁秀的舞台旁邊有個暗房，不用擔心曝光，你可以在裡面做任何事。

有一生理女體想嘗試進入，當然一開始她有明白，真的就如同行「姊妹」說的那樣：像被海葵觸角包覆的小丑魚。但她的身體很快就被識破──形狀和堅硬感都不對，千手觀音們紛紛縮手，頓時有如金鐘罩神功護體，任她自由穿越，直到冷落無趣。

有時色情暗房也會變恐怖箱。

紅月亮

子宮是丹爐，參道是產道，這些我的身體都有內建，也曾收過奉獻。但我仍不滿足，我帶著這些配備，決定走上求道之路，並有可愛動物結伴同行。

每個月都升起一次的紅月亮，那是告別前疼痛的狂歡，小動物們總是圍在我的床邊，唱歌安慰我，但我都沒有安慰牠們，除了一隻全盲的兔。我盡可能對牠敘述紅色——像是某種帶有腥味的花，多數人都想掩鼻而去。這種花只對應一種蛾，只有蛾特殊的曲管式口器，才能深入花房基部的蜜腺，也只有蛾的造訪才能為花授粉，如有一方滅絕，另一方也會跟著滅絕。

盲兔很喜歡我的故事，我吹吹牠的滑順的毛，揉揉牠的額頭，牠把下巴靠在我的手臂很安心地睡著。儘管如此，每個月我都會少一隻小動物，牠們被推落火山懸崖，死前都翹著屁股。

而繪本故事的最後一頁，通常不會明確地畫出：朝聖者是否真的是殉道者？我是最後一隻小動物了，歷經千辛萬苦，終於來到妳的參道前，抬頭向後仰的同時也露出脆弱的喉嚨。我一步一步，走向妳的丹爐……

我是一隻廉價的熊

我是一隻廉價的熊，保養皮膚的方法，就是曬太陽，
把自己曬得很黑。

我的手沾滿汁液，不想拔出來，拔出來的時候，
不小心把別人的心都挖出來了。

我要騙很多人跟我上床，我會說故事讓她們溼，然後
叫我爸爸。

隔天睡醒後，會見到一隻穿粉紅色兒童內褲的熊，
內褲是她們小時候穿過的。

女河童

我遇到一隻雌性的河童。首先我在水裡發現她的經血。
我相當興奮，因為我從來沒有想過，河童有女的！！！
河童竟然有性別？河童不能有性別嗎？
可能是『童』這個狀態，或是河童的下半身都在水裡。
但我實在是太在意，她張開的嘴。這究竟是笑還是在
尖叫？

她張開的嘴像是一顆剖開的水果，有腐爛的果肉有白
色的霉點以及許多黑籽。
「初次見面妳好！」我向她打招呼，我願為她演唱一
首本地情歌：
『月兒好，月兒好，照在池塘上，
池邊青蛙哇哇叫啊哇哇叫
說是月兒好天空高，月兒好，天空高～～』

經血是她的觔斗雲。

母親滿足

母親無法滿足所有的孩子，而且她充滿私心。
擁有最多愛的孩子臉上最多傷痕，
他用腋下夾著一隻貓，
用母親平常夾著他的方式。

秀美

秀美家門前的木瓜樹因為不結果，
所以樹幹被釘了釘子，
秀美的臀部同理被釘了長釘，但她仍然生不出來，
於是秀美發誓她的陰戶會向所有人綻放，
她那每一滴都可以，
治心的病。
是冬天的溫泉，
也是盛夏的果實。

綠鬼溫泉

謝謝妳的現形，我看到了。
謝謝妳信任我，讓我知道妳來過。
妳把臉嵌在溫泉池的石壁，讓硫磺爬滿淚溝，
大眾池的女人間沒有秘密，
臀部和大腿的皺折以及各種形狀的乳房，身體自己會
說故事：

「求妳幫我胎生一下，求妳幫我卵生一下」是我先開
口哀求，於是那天晚上，妳的尿和月亮一樣黃，妳的
尿和月亮一樣濁，妳說沒有關係，混在一起沒有關係，
尿液津液偶爾還有經血、羊水、未成形的胎兒及胎盤，
源源不絕的漫過我的腳踝，又隨排水孔流去。

我想脫掉自己的皮膚與衣服晾在通風處，晾乾這段因
由，關於身體相認，我仍有很多不解，凝視生命的來
處，為何要羞恥厭惡？

翹屁股

翹屁股要我愛她，我說我不要。
翹屁股說要報復我，她決定翹屁股給很多人看。

她跑去我演講的教室，翹屁股給全班同學看。她奪走我的麥克風：「你們知道嗎？這個人不是我遇過性技巧最好的人，」翹屁股吞了一口口水繼續說：你看看襯衫燙這麼挺，釦子這麼仔細，這人是我遇過上床最變態的人！對就是這裡，下課我們就在這裡做。

翹屁股跑到我的銀行，她輸入三次密碼，三次全錯，她翹屁股給行員看，行員告訴她：如果連密碼都不是用妳的生日，那個人真的沒有在愛妳了！

翹屁股又來問我一次，為什麼不愛她？她說明明很少人能像她一樣，翹屁股穿裙子很好看，她問我：當她翹屁股給大家看的時候，心裡在想什麼？會難受嗎？為什麼不愛她……

她一直逼問我一樣的話，一直重複又重複。她很憤怒，她駕著大聲運轉的重型收割機直直逼近我，我的骨頭

像麥梗一一被打碎。巨大的分貝讓我耳鳴，漸漸，我
聽不到她的聲音了。
好安靜，我就睡著了。

夢裡她變成一隻翹屁股的蜜蜂，渾圓飽滿的屁股，夢
裡的我耐心的蹲在花叢，仔細地調整相機焦距、色溫，
我連續按著快門，深怕錯過任何一秒，
當時我真的好愛。

苦的乳汁

我要餵你苦的乳汁，好讓你離開我

你沒有貢獻、你沒有貢獻！
你除了貢獻你的時間和勤奮、金錢和忠誠，
還有你時常在破掉的舌頭。
除此之外，你沒有貢獻！

我受夠了你的感謝
是你讓我的身體回敬苦的乳汁
苦的乳汁，苦到無法下嚥，
你越用力吸吮，只會吸到更苦的乳汁。

關於公貓

攀爬自己是困難的。

關於為什麼是公貓？因為我相當喜歡這個比喻，在繪本或小說裡出現公貓，一定會比出現男人更有想像空間，所以當公貓實在是太划算了。

是童話的傾向嗎？是想活在孩童的狀態嗎？這個部分我覺得並不完全，公貓不是小孩，公貓也有愛情。如果要訴諸欲望，我喜歡女人，但我不想變成男人，公貓的存在不是為了性愛和離開。如果要訴諸實用，公貓的功能是一種陪伴，而且可以每天對話。但他可能也是一篇不合時宜的作文。例如：有人告訴我她心已乾涸，那我會說好，那要好好保護水源地，在四周圍起欄杆，頒布禁漁禁獵的法令，但比較有效率的方法，或許是需要一則有詛咒的淒美神話，才讓生人勿近，不敢貿然踐踏。

公貓總是能想到很好的主意。

蝸牛與海

妳形容的蝸牛，有海的特質
退縮的時候有雌雄同體的狡點
激進時又會同類相食

凝視妳的殼
我掉進自己的漩渦
凝視妳的漩渦
我掉了自己的殼

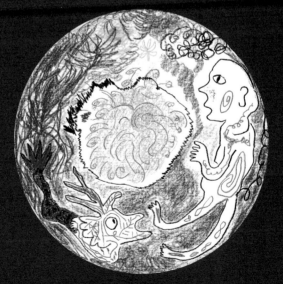

吃佛的人

吃佛的人排了很長的隊，排隊的時候就聞到陣陣的佛香。三杯、麻油或蒜頭，有很多料理佛的方法，主要是為了去腥。

佛為什麼會有腥？吃佛的人，可能也是佛的信徒吧？
佛是哪裡？疑惑的外國人問。

佛不在公雞的內裡，佛也不在公牛公羊的內裡。
佛在哪裡？彎腰看看自己的害羞處，
佛，其實每個人都有。

生日書

在自己的肚子畫了一個圓圈，吸氣、吐氣。

沿著圓周我用重複的方形砌一道牆，用藍色和銀色的鉛筆挖了一道護城河，在圈內我可以盡情塗鴉，我設定了角色和劇本：黃色的老虎代表愛人應該要如何相遇、仙人掌和白蟻丘代表敵人應該是如何防禦，可以接受腳穿二指襪踩著木屐、手拿星際大戰光劍的暴力連結。可以用肋骨對應家人，用直腸對應職場。

想再畫一把椅子，卻擲出石子。我想畫出吶喊，卻畫了補丁。

我想說愛，但卻放出屁。

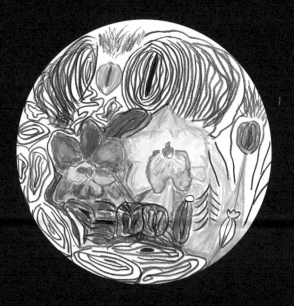

嘉德莉雅蘭、等高線、病人遊戲

父親熱愛養蘭，特別是嘉德莉雅蘭。它們被懸吊在陽台的高處，多數的日子都以肥大的葉子敦厚待人。但開花期就不一樣了，飽滿的花瓣，又有絲絨般緞面的光滑，終於盛開的嘉德莉雅蘭總是從高處睥睨地看著家裡的其他成員、其他小孩。蘭花們在開花前，會受到父親急切的催花，過程像是調教，減水、修剪、停止施肥、增加日曬，父親深信：生殖的欲望是來自環境危機感。

「驕傲什麼？醜！賤！」剛滿十歲的我用剛剛在同儕間學到的髒話、與自然課本學習到的植物知識對蘭花們咒罵，花是性器官，不過是用性器官看人，還開得這麼大，它們俗艷的桃紅粉紅花色令我聯想到廉價免洗杯碗，用完就可以丟棄。

母親的名字有個蘭字，我不肯定這是否是父親喜歡蘭花的原因，但我確定我的母親不是嘉德莉雅蘭。我看過，她的陰唇不是長這個樣子，在她躺在婦科的療檯上時、她緊緊的拉住我的手緩解緊張：「有女兒陪真好」。

母親的陰唇比較像是我在地理課堂上畫的等高線——『地表高度相同的各點連成的閉合的曲線』。等高線令我著迷，我興奮的重複線條動作，我喜歡畫等高線，地圖我也很會，甚至畫得比老師好看。每次地理課前，我都會自動先到黑板畫好今天要學習區域，我的地理成績平平，所有對這門學科的熱情，都在課堂黑板上繪製地圖和等高線時達到了快感，像自慰完倒頭就睡，地理課本內容對我來說已經索然無味。

『等高線橫過河流時，必成 U 或 V 字形，尖端指向上游……』沒有人引導我，如何把指腹放到她的上游，我用指尖點圖放大，我上網下載許多等高線圖，各種地形的等高線。

「有一種感覺，妳和妳媽媽的感情很好？」她中斷我，像是在黑板上畫地圖的時候，粉筆喀擦斷掉，刮出尖銳的聲音。

那麼我們來玩病人遊戲吧，她對我進行邀請：「像是婦產科醫生內診一樣，請妳用這個姿勢和我做，從現

在開始，妳是醫生，妳可以主導我，但妳要記住：服務是一種榮譽。」網路上有各式各樣參考的體位，各種手指正確的角度，她說她想要體驗潮吹，她已經喝很多水了，請我幫助她完成。

答應的同時，我想起童年時玩的病人遊戲：哥哥搶著當醫生，妹妹搶著當護士，我總是很懶，比較想一直躺著，睡沉沉的午覺，所以總是自願當病人，他們要我得甚麼病，我都答應。他們總是爭著要幫病人打針，挽袖子打手臂，脫褲子打屁股……媽媽叫我們吃飯的時候，我常常沒有穿衣服。

等高線有缺口就不是等高線了，破掉的等高線我決定用藍色的水彩塗滿。
我沾很多水，溼透了，床單溼了、紙也快破了。
等乾的時間，我趕在假日花市收攤前買一盆新的嘉德莉雅蘭。

黃色閃電

「來吧，醜妹，讓我送妳轉大人的禮物，我會治好妳的貧乳、經痛和青春痘。」

然後醜妹就再也沒有長大了，她像是一枚枯葉化石，被壓得乾乾扁扁。她討厭黃昏，黃昏有張臉，似人又似鬼，掩護企圖性侵她的鳥，鳥披著綠色的羽毛，化身幸福的使者，他站在枝頭唱著理直氣壯的歌，鳥的生殖器像是門把等著別人叩門，他藍色的喙，近看全是皮膚表面曲張的靜脈。

天空忽然閃電，那是醜妹黃色的尿，嚇跑了鳥，她終於安全了。

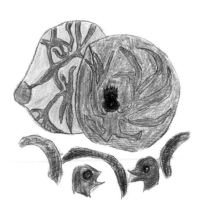

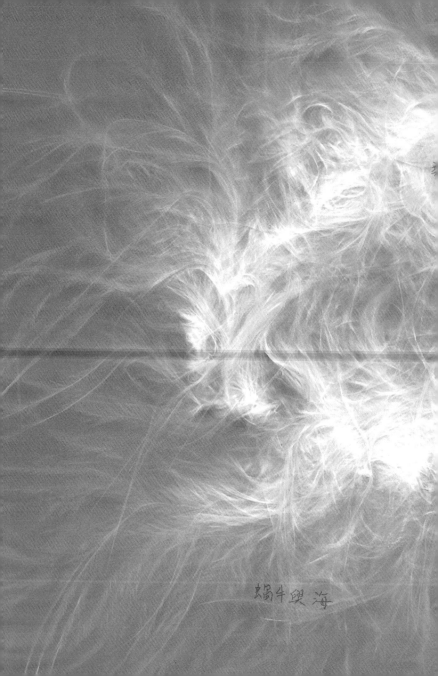

蝸牛與海

維克特送我
維多利亞。

Part
三

維克特送我茉莉花
維多利亞只克蘿克拳送我

苦的乳汁

殖的輪
未來的人
使用書　使用說

只有一種性別是不

使用說明

只有一種性別是不滿足的

Part 1

關於公貓

只有一種性別，
是不滿足的。

卷一　生殖的輪

卷二　未來的人

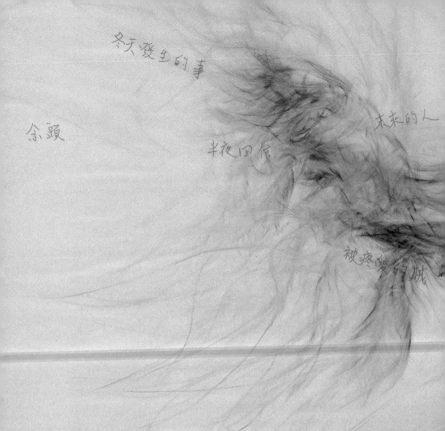

冬天發生的事

余顗

半夜回信

未來的人

被疼愛的賦

詩語言的曖昧、實驗性以及多元，像是隱喻
性別不只有二元、性向有諸多可能性，所以
我會選擇用詩這個文類來創作 身體與欲
只有一種 性別是 不滿足的。?

幺麦

誠實的字

眼睛看到卻不敢相信

詩

秋天来玩

雨水殺

橋猫

青田夏天

還好的交談

近況說明

南克和他的他向我走来

水族

少數的甜蜜

觀葉

卷二　未來的人

善用夏天

所有夏天的隱晦
都是將老的淫穢
我被說服來到了這裡
沒有任何遲疑

吃一條頭尾燒焦的魚
我不挑刺
用手指按出整夜的星圖
看日出待身體殘餘的感覺消退

有些假設不用想起來放著
當然誰也不樂見
劇烈天氣的部份
像某類型小說的段落
冰雹和龍捲風同時生成
變成兩邊肩膀上的惡魔
就算默契充滿
亦是不義之財

要在好睡的夜晚 相信隔日
就會有好天氣版本
要善用夏天
就要撩起裙子直到膝蓋

要我如何正派經營？
要我如何童叟無欺？

出賣

我做了一個出賣你的夢
夢中我與同夥入侵你的房屋
趁你在熟睡 我們商量要變賣你的窗戶
變賣掉你窗戶上昂貴的彩繪玻璃
變賣掉彩繪玻璃上的愛情詩句

我的同夥還偷吃你冰箱裡的糖果
我則專心拆掉你的大門
拆掉你汽車的輪子
在你乾淨的屋子留下貪婪的腳印

牆壁漏水了
我們用糖果紙黏貼裂縫
手忙腳亂的聲音吵醒了你
你驚訝地看著小偷是我
為什麼是我
空氣中長出尷尬的菇

糖果紙潮濕褪色
牆壁流下色素的眼淚
你轉身去廁所盥洗
穿戴整齊後慎重地向我道別
反而像自己走錯房間

我看著你的眼睛說謊
我看著你背影辯解
我的朋友
不是這樣　這一切都不是

法蘭克和他的他向我走來

法蘭克和他的他向我走來
法蘭克和他的他牽著一隻狗
白狗吠起來了
白狗吠起來了
白狗搖著尾巴並且兜圈
法蘭克和他的他像是一首鄉村老歌
向我走來
向我走來

眼睛看到卻不敢相信

0.

一場害羞或是悲傷的實驗。

前方有雲
正呈現鋸齒狀的幸福

0.
我又愛上一個人了
只能赤腳跑
哭著回家
告訴老狗

0.
還有我們淋浴
沖下來的水都是字
我也會哭
全身都會哭

0.
我飾演一棵鳥都不愛停的樹
我是一棵樹
砍了我讓妳造一本書

0.
睫毛壓低　帽緣積水
虔誠的肉販都靠邊站
她不好愛　只吃青菜

0.
但願我們
就像狹路上平安的會車
沒有碰撞
只有正面

0.
星期天是明天的哪一個方向
哪一個城市
我正平穩的行駛
懸掛想念

沿路　都有燈

冬天發生的事

冬天發生的事
不要是悲傷
我要幫她冰涼的腳穿上襪子
乾冷的嘴　倒一杯水

冬天發生的事
老實說偶爾我必需是隱形的
像懷在她肚裡的胎兒
她明明有了我
卻要裝作若無其事的行走

想念她的時候
只好輕踢她的肚子
當然我也有憤怒的情緒
那麼我會適時的
讓她感覺我
像是發脹的經痛
讓她不知為何的焦慮、忽冷忽熱
我想
至少一個月該發作一次

我厭惡所有溫順的造句
而多數的日子
卻只求當一隻蜷曲的睡貓

夜燈太亮的時候
還會知道用前腳遮住眼睛
但願我有柔順的毛皮
作她完美的寢具

讓她盡情說完自己的故事
（每天不一樣）
聽她自己結論她並不慘綠的青少年
（明天要見什麼人）
陪她的耳朵聽幾首樂器很少的歌
歌的年代
或許
她正青春
我還在出生

冬天發生的事
在她瞳孔的花邊我看見
她的欲望
晝短夜長
她用她的美感
在黑暗中搭蓋一棟充滿破綻的建築物
是為什麼我會有這樣的想法
還是想要進入
還執意想入住

近況説明

有些名字我沒辦法說出來
一年最後幾天我還是會努力回想
知道今年還是哭了兩次
摸貓咪不洗手
然後揉眼睛

關於我
我比前幾年拍的照片眼神堅強
不那麼咄咄逼人
拒絕別人時也柔軟些
喜歡出門前洗澡、半夜打掃
最近搬到一個靠山的新家
比較潮濕
比拘泥在某些回憶清爽

最新的夢境則是
夢到了一個方正的市場
今日沒有宰殺完的豬被趕成一群
他們一隻一隻
騰空跳過一道透明的牆
落地就變成年輕的男人
男人一邊談笑
一邊等待其他還沒變成人的豬
他們身上都帶了股騷味
笑容邪惡不過身材都很精瘦

半夜回信

雨在深夜裡停了
像是按了定時裝置　時間到了就不唱了的歌
好安靜
除了冰箱運轉的馬達
還有正在加熱煮沸的熱水瓶
窗外的霧像路燈點的菸
我聞著自己身上潮濕的味道

對於妳今天的是非分明
此刻我感到深層的痛恨
這本來就是一條太孤獨的路
本來就不該交換太多意見
我喜歡不介入的態度
相信有人可以討論
有人就不可以
但這真是漫長的一星期
白天的空氣瀰漫花粉
還有北方的沙塵
很多道別的飯局

那些幽微的事就交給我吧
我最好的朋友
當我們友愛親切
那也是最容易互相傷害的時候

雨水散步

在節氣是雨水的日子散步
這似乎不是好的主意

前天是晴天
昨天是晴天
斑鳩都錯過了
明天有點不及
班機後天就飛走了

直直走　過馬路
踩破水花弄溼褲管
直直走　過馬路
你說的地方我都沒法去
這是近期最後一次碰面
就別用那種眼神說再見
我喜歡說：再聯繫

橘貓

那麼晚安
今天和昨天一樣
我要數貓掌入睡
前面四個小掌球
中間是大肉掌
最後還有一個手根球
順時鐘數一遍
逆時鐘數一遍
數完兩隻前腳
還有兩隻後腳

偶爾我也會試著揣想
一個人如何擁有很多貓咪睡覺
如何把迷戀量化
例如：對於她的迷戀，約莫是一隻貓的重量
晚上是胖貓，白天可能會瘦一點

好貓咪
好好睡
我不想了
橘貓最好
配什麼床單顏色都好

貓尿詩
（貓尿阿鼻地獄不斷更新中）

我尿尿在枕頭上　枕頭消失了
我尿尿在床上　床消失了
我尿尿在桌子　桌子消失了
我尿尿在地板　地板消失了
我尿尿在她身上
她消失了

這些都是我在街上沒有遇過的事
從前　我噴尿在街市
街市是我的
我噴尿在樹幹
樹是我的
那麼　現在
我尿尿在自己身上
我會不會也消失呢？

念頭

有時騎車在蜿蜒的山路
常浮起所謂厭世的念頭
但又會想起家裡那難相處的老貓
牠口臭、牙結石
彆扭又愛無預警亂咬人
貪婪吃很快
沒多久就看牠弓身嘔吐
吐出食道形狀的半消化物

有時看著貓鬆垮的腹肉
我想我老了以後亦會如此
而現在這世界除了我
應該找無人收養這頭壞物
忽有肥軟毛茸的巨大貓掌向我伸來
我像縮小人被捧在掌心
驚喜總是來的令人暈眩
無法判斷下一秒是福是禍
現實令人活得像隻壁虎
就算有一萬根尾巴也不夠斷尾
下一秒可能就被玩殘

有時騎車在蜿蜒的山路
我也會快樂的唱歌
停車下來拍一片芒草
所謂厭世的念頭
最後決定為一隻貓活了下來

還好的交談

這種鞋子我就不懂了
這種鞋子對我來說像是克羅埃西亞文
令人無法閱讀去向

為什麼去向只能有一個？
很多鞋子是否代表很善於忘記？
為什麼「還好」代表不好
「謝謝」代表不要

為什麼和你交談這麼有趣？
其實我們只是談
上一雙鞋子和這一雙鞋子
我怎麼來你怎麼去
你打的傘和我的交通工具

與你說話常讓夢境飽滿
但我從來就不喜歡被定義成善類

我是空中的老鼠
是無鱗的魚
沒有毛
住在地底熔岩熱烈活動的國家

我　還會啄你

水族

如果可以我也很想
正如有時我們也摸不透自己：

身體是解藥
睡前我總會害羞的泅泳
令自己身體愉悅
但我發現我受困在一個巨大的水族箱
感情一旦認真起來
就會重重碰擊到玻璃

現實很硬
醒來的時候我發現我躺在浴缸
水已經流光
檢視堅硬的乳
越想殺掉內心的獸
就越會聞到自己誠實的腥

被疼愛的賊

被疼愛的賊喜歡洗澡
沐浴後就是全新的人
原諒自己是一種養生

被疼愛的賊吃得很飽
一人獨佔糖霜編織的網
差點被孤獨撐死
就算世人對晚餐充滿敵意
他仍執意餐後要有甜點
願拿剃刀交換蛋糕

被疼愛的賊很好睡覺
他常令自己雙手反綁
示範純潔
純潔的夢有分白日和晚上
翻箱倒櫃的痛快很不一樣

他不笑的時候像搞笑藝人
笑起來像狸
道行不高的那一種

被疼愛的賊跌了一跤
看著自己逃逸的痕跡
他只有一個原則：
絕不偷竊心的產物。

誠實的字

更新你的動態消息
覺得被愛也覺得悲傷
覺得你被標註的照片不太正常

偶爾我也會懷疑　是否我們從未相識
假使有人來問：好友是否真是好友？
基於鍵盤人格的一種機制
或許會讓我回答：還好

那麼我要用從千年古都買來的信紙
緩慢給你寫信

紙令人誠實
面對誠實
人是否還能寫字

觀葉

我愛您，我愛您
我要在最邪惡的火龍身上下蛋
我要在最慈祥的老馬身上下蛋
我的產卵管一如原始尖銳的口器
可以戳破高貴的堅硬

我是游泳最快的蛇
我是射程最遠的蝌蚪
我是最黏稠的蝸牛
我是叫聲最悽厲的蟬
我是香氣最飽滿的無花果
快把我剖開，我的汁液很想出來

其實我只是一片葉子
手掌一般
毛蟲可以啃食一天
牛羊還不夠咀嚼一口
所有演化勝利如微生物大小
各式部落沿掌紋命運遷徙
我一手汗　就要洪災

秋天來玩

開始，先有雲霧起，
山在遠方橫陳，像是坦蕩的肉體。
讓人感到自我如螞蟻渺小，像被含在口裡的冰。

一如愛的各種形態：雲霧可以改變海色，
也可以落雨，變成海的某一部份
偶爾惱人，如爬在乳頭上的蟻（或冰）。

秋天來玩吧。
來，就要快樂的走路
在信任的谷中走路，含著刺痛的果殼走路
在小愛人的貓毛走路，讓誠實在脊椎走路

秋天來玩吧。
來，就有新的鼻子
嚐柚子口味蜂蜜，讓黃金修補齒縫裡的恥
再取鳥羽、蝶鱗和甲蟲的鞘翅，造缺欠的字

秋天來玩吧。
一時興起
愛不能回敬身體
就以蜷曲的落葉為信。

少數的甜蜜

在熱鬧的街無法前進
像一枚無法在異國流通的貨幣
但 我不是偽幣

那些顏色飽滿、笑容多汁
卻沒有標價的水果交易
因為觀光客
愛容易被索以高價
只因無法兌現
都錯過了也路過了

我亦無法被使用在地鐵售票機
無法被小額投注
無法即刻拿我去買解渴凍飲

我只能被握在手心，像紀念物
一枚該死的外國錢幣還能有什麼用處？
或許 可以敬獻給神
被你緊握，已到達神殿。

後記 · 橘貓

橘貓在認養大會上，是被綁在入口處和大家互動的迎賓貓，牠趴在一窩超萌小貓的籠子上面，一副看盡世態炎涼的表情，毫不抵抗地讓路過的人搓揉和拍照。小貓都怕細菌，都怕籠子被拍打和陌生人的手，橘貓連面對閃光燈都淡然以對，還被穿上裝可愛的衣服，增加被看上的機率，牠的眼底有一種認分，當然也有可能是我想太多。

同行的朋友招我過來看橘貓，「牠看起來很適合你，個性很好！」
「可是牠看起來好老！」我一陣彆扭，指指點點橘貓的白眉毛白眼線，鼻子又大又紅，耳朵好小腮幫子好大，鬍子很粗，見到橘貓你大概就能明白英文的鯰魚為什麼要叫「catfish」。

素昧平生初次見面就這樣嫌棄，自己講著講著也覺得失禮，我開始仔細觀察眼前這隻貓，想從一些小地方拼湊牠的過去：尾巴算漂亮，很粗很長也很完

整，看起來小時候應該就被撿走了吧，不然流浪貓
很容易尾巴受傷，沒有流浪很久表示應該算比較親
人……義工媽媽看我們徘徊良久，主動過來跟我簡
報橘貓的檔案，噢喔這隻已經一歲七個月，結過
紮，被認養過一次，但是因為上個主人家裡兩隻沒
有閹的大公貓一直找牠麻煩……牠不就範，被咬得
很慘，公貓體型又大，根本打不過……

橘貓最後傷痕累累又被還回來認養協會，踱步在狹
小的空間渡過第一次發情，用農委會的結紮補助做
了絕育手術，現在重新開放領養，用比較龐大的身
軀，和一群年輕的幼貓競爭。「所以你是猶豫牠年
紀太大嗎？」義工媽媽在講橘貓的過去時，帶著一
股移情的成分，她有一雙嚴峻的眼睛，防禦任何拋
來的拒絕所引發的大小傷害。

橘貓把自己折起來的時候像隻老母雞，並給我一個
冷背。牠只是離我想像中的超完美橘貓有一點遙

遠，橘貓不都是電影明星？橘貓是鞋貓劍客、是加菲貓、還和奧黛莉赫本共同演出《第凡內早餐》，貓食廣告、寵物用品，通常也是會請橘貓入鏡，橘貓這種花色，是不敗經典款。

那一陣子我跑認養會跑得很勤，像瘋狂網路交友一樣，天天打開認養貓的網站看照片，尋找媒合的對象——並不是什麼佛心來著。為什麼要來領養，那時被迫離開從巴掌大就撿回來養大的貓，挫敗又心酸，很多時候實在是分不清眼淚是為了情人離開而流還是貓離開而流，都說揮別情傷最有效的方法是找到新人（貓也一樣？）。當我鬆口說可以再養隻新貓試試看的時候，幾乎身邊撿到貓的人都想塞貓給我，來問我，或勸我說：「就當是做一件善事吧。」我很清楚明白，這才不是什麼做善事，快別往臉上貼金，說是在找新對象，還比較對得起天地良心。

回想當時，到底是什麼契機，讓我簽下認養橘貓的切結書？是認養切結書上，那些不可拋棄背叛的誓言？橘貓和我和義工媽媽楚囚相對的眼神，我們三者都需要一場及時的救贖？只要養了橘貓我就可以擁有像《第凡內早餐》的最後結局：奧黛莉赫本抱著橘貓與男主角在雨中熱擁，一切故事從此都好？

*

記得第一天和橘貓睡覺的晚上，我覺得很困擾，這隻貓的呼嚕聲，實在是像燒一大鍋開水一樣大聲。不只是咕嚕咕嚕，而是轟隆轟隆，牠像隻狗一樣努力討好我。一夜睡不好，隔天上班，幾個聽到風聲我養新貓的同事湊過來想看照片，「毛色好漂亮的橘貓啊，可是怎麼都是拍背影都看不到臉啊。」

想到當時自己的心態，和現在比起來真的差很多，如今在我看來，橘貓那個大紅鼻子是因為我們有福氣啊，耳朵小就少聽是非，白眉毛白眼線很時尚，

鬍子很長所以我們平衡好啊，腮幫子大就像泰迪熊那麼可愛啊。

我常在想，這樣的轉變難道就是日久生情嗎？冬日和橘貓同縮在棉被，牠睡在我的肚子上的時候，我甚有存在感，我會覺得自己像是宮崎駿卡通的大龍貓肚子上睡一隻小龍貓，一點也不覺得肚子有肉是累贅；偶爾牠會整隻貓圈住我的腰睡，讓我有被擁抱的錯覺，這樣的擁抱還會附送咕嚕嚕的振動。

我喜歡橘貓的長尾巴，萬城目學在他的小說提過，日本人愛養麒麟尾的貓，是因為傳說尾巴又直又長的貓，尾巴會從末端分岔變成人的雙腿，然後直立變成人。我家的橘貓若變成人形，她會是什麼樣子呢？

我想我會在撞球桌邊遇到她，畢竟沒有貓可以拒絕滾動的球。她粉紅色的掌心總是泌著手汗，推桿手

滑，母球入袋，失去了關鍵的一局，六比七！她戴的圓圓的細框眼鏡都怒到起霧了。

她緊張的時候，五官會縮在一起像是包子，放鬆的時候又像獅子，她不太有女性的線條，畢竟她已經動過把子宮和卵巢整組拿掉的結紮手術，但是動手術前，她已經發育好大胸部，所以她低胸打撞球時，觀眾們都有一種違和感。

她不抽菸，沒有貓喜歡菸味。

她喜歡素色襯衫，特別是綠色系，橘毛很好，配什麼顏色的花色都好。襯衫都不是男裝，男裝襯衫肩線和她不合，別忘了她有大胸部，胸線和肩線還是要女生的尺寸，但領子有滾邊的不要，有腰身的也不要。

她人生的第一份工作是咖啡店的外場、她只會手沖黑咖啡不會打奶泡、搖出來的泡沫紅茶偏甜，所以外號被叫螞蟻。她顧著和客人聊天就會把吧台的事搞砸，打破東西，也不敢拿掃把掃地，表面裝沒事，底下再用腳把碎片撥撥踢踢到桌腳的一小區。

她有砂紙般質地的舌頭，暗地裡公開地和女孩兒談戀愛。但是她總是不會承認，她說那一切都只是湊巧，那些愛情的發生，只是湊巧大家都是女的罷了。

她的幽默偏門難懂，她最常和女孩兒們賣弄的冷知識是指著自己身上的毛說：橘色的基因正好位在影響性別的「性染色體」上，所以世間的橘貓，有三分之二都是公貓。所以她喜歡和別人打賭，猜她是公貓還是母貓，聽得懂的女孩都笑了，因為她是母貓，也是公貓。

她喜歡磨爪子，喜愛指甲在木頭傢俱胡亂割劃的快感，她說短指甲是基本的禮貌，搭配笑容邪惡。

*

我不會把寵物當成芭比娃娃戴假髮扮裝，但橘貓根本是我的照妖鏡，加諸在橘貓身上的幻想，像養一盆過度增生的多肉植物：原本可愛的嬰兒手指，後來變成外星怪獸。

反觀橘貓對我，牠走來對我喵喵叫，通常不出這三件事：肚子餓、便盆有糞沒清，肛門沾到屎不想舔，要我衛生紙沾水幫牠擦。比起牠承受我的，我承受牠的是如此這樣簡單切題，廢話少說。

橘貓只是橘貓，此刻牠甩甩牠的長尾巴經過我，往陽台一小格一小格透出來的太陽走去。牠走出我的杜撰，連長靴都沒有穿，牠的毛色在太陽下閃閃發亮，其實是牠認養了我。

橘書使用說明

只有一種性別是不滿足的

《橘書》是一個概念。我想做一本沒有書名,只剩顏色讓人記認的書。

就像有一隻貓經過你,第一時間你並不會想「啊這是隻公貓」或是「啊這是一隻母貓」,而是直觀的「這是一隻橘的黑的花的或胖的貓」。寫詩或讀詩必須珍惜這種直觀。

為什麼是橘?橘是果實,是肉也是肉色,是脈輪中的「生殖輪」,《橘書》作為我的第三本詩集,身體與欲是我仍然在處理的主題:從身體出發,欲望的抵達或無法抵達。詩語言的曖昧、實驗性以及多元性,像是隱喻只有一種性別是不滿足的,而愈想殺掉內心的獸,只會愈聞到自己誠實的腥。

　《橘書》是一種集合，內含詩、文及曼陀羅創作，從「生殖的輪」跨過目錄，來到「未來的人」。

　「未來」可以說是「沒有來」或是「未來式」，我喜歡這種雙關，就像好的事情常是以壞的模樣出現。目錄放在書的中間，像把書均剖兩等份，是一條河分隔創作，也像是一座連結的橋。

　「生殖的輪」所收錄的，是我畫曼陀羅產出的圖文。這是從未嘗試過的創作方式，但這並不是我獨創的。開始進行的最初，是因為閱讀了侯俊明的《鏡之戒：一個藝術家 376 天的曼陀羅日記》，並依隨他的《我的曼陀羅繪本》進行練習，我常冥想畫紙裡的圓就是我的肚子，一日一圖自由繪畫、自由書寫。後來，我甚至依賴曼陀羅當成我創作的第一步驟，心裡的草稿我會先畫成圖，在著色的過程，文字生成，有時候完成一篇作品之前，不只一幅，甚至需要畫好幾幅。曼陀羅的圓，對我來說像

是脫水機也像是滾動的輪子，使我前進，也使我清理。

這裡的曼陀羅與佛教相差甚遠，我比較把它視為心的 X 光片，或是夢境的素描。從判讀的過程找回自我連結的能力，而這個動作，開山祖師是心理學家榮格，所以《橘書》某一個層面是向榮格的著作《紅書》致敬的。

或許留下來的字、留下來的圖，情緒和文字是原始乖張的、並不是完美的，然而對於這個階段的我來說，保留創作「過程」的完整，凝視它並接受它，才能享受創作送給一個人的禮物。

言寺46

橘書

作　　者：騷　夏
編　　輯：陳夏民
書籍設計：陳昭淵

出　　版：逗點文創結社
地　　址：330桃園市中央街11巷4-1號
官方網站：www.commabooks.com.tw
電　　話：03-3359366
傳　　真：03-3359303

總 經 銷：知己圖書股份有限公司
台北公司：台北市106大安區辛亥路一段30號9樓
電　　話：02-23672044
傳　　真：02-23635741
台中公司：台中市407工業區30路1號
電　　話：04-23595819
傳　　真：04-23595493

印　　刷：上晴彩色印刷製版有限公司
Ｉ Ｓ Ｂ Ｎ：978-986-94399-2-3
定　　價：350元
初版一刷：2017年4月

國家圖書館出版品預行編目(CIP)資料

橘書 / 騷夏著（言寺 46）
初版_桃園市_逗點文創結社_2017.04_160面_12.8×18公分
ISBN 978-986-94399-2-3（平裝）
851.486_106003901

還有禮物

透過文字敘述，是摸不到實物、看不到實像的，但騷夏的詩文，卻讓人感到豐富的視覺、觸覺、聽覺，感官新鮮地想像著體驗著。

享受這些無法預料走向的文字，突來的轉折、有張力的情境。她告訴眾人，世界並不是想像中的那麼規則，表象、秩序、規範，底下其實埋藏著許多伏流，即將就要突破什麼、刺穿什麼。騷夏的創作也是一種演示：就像每隻貓都有自己獨一無二的花色，每首詩，也都可以有獨一無二的個性，這樣的個性，帶來新意，也使慵懶的精神清醒。

———————— 林婉瑜

她是水族，我們試窺箱內的情慾。

騷夏的書寫無疑是善於水性的，無論是藍色的床單像海、體內的〈淤積的字〉；或是興奮於有同類、發現經血的〈女河童〉；或是俱備海的特質的〈蝸牛〉；決不偷竊心的產物卻喜愛沐浴〈被疼愛的賊〉，全書裡滿佈著經血、尿、汗、含在口內的冰、漏水的牆壁、等待被造訪的花蜜、羊水及淚腺。

這些讓我們窺視作者箱內的情慾，卻直視自己的害羞處；這些皆使我們對自己誠實，誠實地撫摸自己，也清理自己。

———————— 波戈拉

騷夏的曼陀羅裡瀰漫著膚質的宇宙微塵，赤裸且熾烈。我被她／他潮溼的字句割成一瓣一瓣又一瓣，背脊裡的白籽也跟著激凸了。我想，她／他出版的是一本傷痕累累的橘皮，可以拿來燉煮，可以拿來熱敷，更可以把身體緊緊包覆。一旦你把眼睛疊進她／他詩裡的裂口，你腥羶的經痛就會跟著她／他鋪天蓋地起來。當痛意退散的時候，某種來自生殖輪的芬芳將使你嗅見。

———— 葉覓覓

許多時候，我感覺騷夏全身濕淋淋地，等待被誰接生。在詩的現場，她一次又一次接生了自己。由是，生活中瀕危動物原可能死，或者滅，但是騷夏一次又一次疼痛地把自己生出來——那麼，捧在我們手中的這冊《橘書》，便可能是還沒有被命名的月亮，和老鷹戀愛的路草，口袋裡有異國硬幣（並且一天要洗三次澡）的貓。

———— 孫梓評

她畫下許多個像體內宇宙那樣的圓，從肚腹掰出一些字，貼滿心的牆壁。跟曼陀羅相比，詩只是一件半透明外衣。她當然不滿足於一種性別——她有多深愛她，就有多憎惡她，她用力擁抱他的時候，爪甲就會刺進他的器官。因此，手勢兇猛，像初生的獸，也不會滿足於長大。

如果你拾起這本書，就會收到許多心的 X 光片，沿著光片拾級而下，就會到達自己的底層，你會嗅到一種腥，來自不由自主的誠實，而且感到濕濕的，像蝸牛爬過，留下了屬於忘記的分泌物。

———— 韓麗珠

《橘書》完稿，理當回到原點，
書稿寄給藝術家侯俊明後，我得到他的詩畫回應：

我把父親塞進身體裡。滑出了公貓

在母親的丹爐裡我們什麼都看不見
只能抓著彼此的陰莖
我們被毒害　死前翹屁股

騙我上床
他們把我弄濕弄髒

我又愛上一個人了只能跑回家哭

沒有羞恥
被釘子幹過的木瓜向所有人綻放它的陰戶

雖然網路上有各式各樣參考的體位。
我比較想躺著被打針
等待潮吹

我滿臉傷痕
他們無法滿足我

沒有吃過爛佛丫也沒有什麼性技巧但我喜歡
在課堂上做愛　深怕錯過了青春
我想說愛　卻放了屁

謹向騷夏獻上我的掠奪　2017 禁山侯于火焰山腳